画给孩子的自然通识课

爬行动物，
贴地也能行走哟

童心 编绘

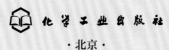

化学工业出版社
·北京·

图书在版编目（CIP）数据

爬行动物，贴地也能行走哟 / 童心编绘 . —北京：
化学工业出版社，2024.8
（画给孩子的自然通识课）
ISBN 978-7-122-45691-5

Ⅰ.①爬… Ⅱ.①童… Ⅲ.①儿童故事 - 图画故事 -
中国 - 当代 Ⅳ.① I287.8

中国国家版本馆 CIP 数据核字（2024）第 100607 号

PAXING DONGWU，TIEDI YE NENG XINGZOU YO

爬行动物，贴地也能行走哟

责任编辑：隋权玲   装帧设计：宁静静
责任校对：李露洁

出版发行：化学工业出版社（北京市东城区青年湖南街 13 号　邮政编码 100011）
印　　装：北京宝隆世纪印刷有限公司
880mm×1230mm　1/24　印张 2　字数 20 千字　2024 年 8 月北京第 1 版第 1 次印刷

购书咨询：010-64518888   售后服务：010-64518899
网　　址：http://www.cip.com.cn
凡购买本书，如有缺损质量问题，本社销售中心负责调换。

定　　价：16.80 元

前言

它们从海洋走来，经过了漫长而艰辛的进化历程，它们是统治陆地时间最长的动物，它们遍布世界各地，种类繁多无法计算，它们就是爬行动物。你知道吗，令人惊叹的恐龙就属于爬行动物家族，而人们现在看到的爬行动物主要是龟、蛇、鳄鱼、蜥蜴等。

本书用精美的图画、生动的语言，向小朋友们讲述了这群爬行动物的生活。当你看到一条蛇慢慢地蜕去外皮，当你看到一只蜥蜴用灵活的舌头捕食，当你看到凶猛的短吻鳄在冬天钻入洞穴冬眠，当你看到爬上岸的海龟眼边排出多余的盐分就像在"哭泣"一样，你一定会被它们深深吸引。现在，小朋友们，让我们一起来感受爬行动物的世界吧！

目 录

什么是爬行动物

  爬行动物是一种很常见的动物，它们大部分都覆盖着保护性的鳞片，形似"防水外衣"，有的生活在陆地，有的生活在水中，还有的既能在陆地生活又能在水中生活。根据爬行动物数据库（The Reptile Database）的最新数据，截至2024年3月，全世界的爬行动物共有约12162种。

蜥蜴

① 鳞片状皮肤非常干燥；
② 附肢成对地生长；
③ 运动时，大多数蜥蜴四肢向外侧延伸，腹部着地，匍匐着前行。

蛇

① 蛇的头部形状多样，但通常都较为扁平。
② 细长且灵活的身体；
③ 通过身体的蜿蜒和伸展来进行移动。

爬行动物的演变

爬行动物是由两栖类动物进化而来的，它们是第一批真正摆脱对水的依赖而征服陆地的动物，也是统治陆地时间最长的动物之一。

❶ 大约在3.2亿年前，地球上出现了第一批爬行动物，它们是古斑沙蜥与林蜥，它们的外貌与现在的蜥蜴非常相似。

❷ 后来，爬行动物进化出了两个分支。

无颞（niè）孔类：这类爬行动物头骨上除了鼻腔和眼窝外，没有其他洞孔。

颞孔类：大部分爬行动物的眼睛后面进化出一对颞孔，比如恐龙。

❸ 到了二叠纪，地球气候从闷热潮湿逐渐转变为酷热少雨，于是爬行动物们逐渐进化出了保存水分的机制，有的爬行动物还把地盘扩展到了沙漠地带。

❺ 到三叠纪时，爬行动物家族中出现了许多不同物种，比如长颈龙，蜥蜴，还有翼龙、鳄鱼等。

❹ 二叠纪晚期，地球经历了已知最大的一次物种大灭绝。很多生物种类消失，为后续生物群落的重构和进化提供了基础。

❻ 又过了很多年，恐龙这一类爬行动物几乎遍布整个地球。

❼ 在白垩晚期，地球再次发生了物种大灭绝，只有鳖类、喙头蜥、蜥蜴、蛇、蚓蜥、鳄鱼等幸存下来，一直生存到现在。

走进爬行动物家族

爬行动物家族兴旺，它们的数量仅次于鸟类，是陆地脊椎动物中的第二大类。

体型最大的爬行动物

咸水鳄身体长可以达到7米，重可以达到1.6吨，十分庞大。

体型最小的爬行动物

侏儒壁虎生活在热带雨林中，包括尾巴在内，长大约只有1.6厘米。

斑点楔齿蜥

根据居住环境分类

根据居住环境，爬行动物可以分为地栖型（如沙漠蜥蜴）、树栖型（如变色龙）、穴居型（如五趾双足蚓蜥）和水栖型（如鳄鱼）。

沙漠蜥蜴

咸水鳄

鳄鱼

变色龙

侏儒壁虎

五趾双足蜥蜴

5

冷血动物的血是冷冷的吗

所有爬行动物都是冷血动物，也叫变温动物，它们不能通过内部生理机制来维持恒定的体温，而是需要依赖外部环境温度来"调节"体温，以确保生存和正常生理功能的运作。

其实，自然界里除了鸟类和哺乳动物，其他大部分动物都是冷血动物。

不能缺少的阳光

爬行动物依靠阳光来温暖身体，维持正常的生理机能。所以说，阳光对爬行动物来说非常重要。

鱼儿在水中，有时浮在海面，有时游回深处，除了为了寻找食物和逃避天敌，也可能与利用不同水层的资源（如光照条件）有关。

白天，一些蜥蜴，如沙蜥蜴，把自己埋在沙中，以躲避高温。

冷血动物怎么调节体温呢？

冷血动物主要依靠行为来适应环境温度的变化，以调节体温。当环境温度下降时，它们会寻求热源，比如晒太阳，来提高体温并激活新陈代谢和生理功能。相反，当环境温度升高，为了防止体温过高，它们会移向阴凉处、躲进洞穴或者进入水中等冷却身体，从而维持生理活动的适宜范围。这种依赖外部热源调节体温的策略，让冷血动物能够有效地利用能量，并在多种生态环境中生存。

天气炎热时，一些蜥蜴，如双脊冠蜥，常常在树枝间纳凉。

早晨，蛇可能从阴冷处爬到石头上晒太阳。中午，当温度变得过高时，它又爬回阴凉处休息。

奇特的鳞片

爬行动物的皮肤通常覆盖着各种类型的鳞片，这些鳞片的大小、形状和硬度根据物种的不同而有所差异，有助于保护它们免受伤害、减少水分蒸发以及提供其他生存优势。这些特化的皮肤结构是爬行动物适应多样生活环境的关键特征。

刺角蜥的皮肤上长着许多锥形的尖鳞片，看起来就像是尖锐的棘刺，可以吓退敌人。

蛇的鳞片光滑柔韧，可以用来钻洞和在地面爬行。

乌龟的甲壳由多块坚硬的骨板组成，只有头部和腿部有凸起的鳞片。这一构造形成了一个坚硬的保护层，可以对抗捕食者的攻击。上岸后，这些结构有助于减少体内水分的蒸发。

鳄鱼的鳞片非常坚硬，可以保护内脏。

蜕皮

许多爬行动物如蛇和蜥蜴，都会蜕皮。当身体长大或鳞片受损时，它们就会蜕去旧的皮肤和鳞片，用里面长出的新皮和鳞片来替换。

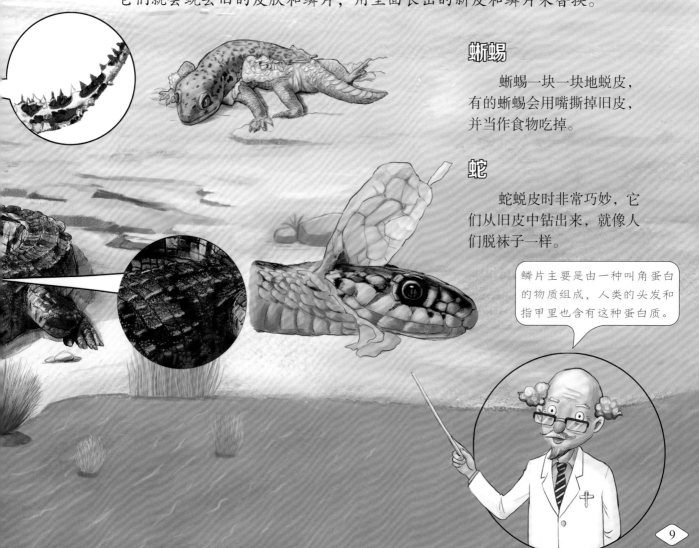

蜥蜴

蜥蜴一块一块地蜕皮，有的蜥蜴会用嘴撕掉旧皮，并当作食物吃掉。

蛇

蛇蜕皮时非常巧妙，它们从旧皮中钻出来，就像人们脱袜子一样。

鳞片主要是由一种叫角蛋白的物质组成，人类的头发和指甲里也含有这种蛋白质。

听觉

大多数蛇并不依赖传统的听觉器官，而是通过下颌骨与地面接触的感觉器官来感知周围物体产生的振动，以此"倾听"环境。

鳄鱼具备高度发达的内耳结构，包括精密的耳蜗，这些结构使它们在水生和陆生环境中都拥有出色的听觉能力。

而大部分蜥蜴主要通过位于头部两侧的外耳接收声波振动，这些振动随后被鼓膜接收并传至中耳和内耳，最终转化为神经信号并由大脑处理，实现听觉。

用来了解世界的感官

和其他动物一样，爬行动物也要靠嗅觉、听觉和视觉去了解周围的世界。

视觉

变色龙的眼睛异常大，眼球转动范围接近360度，这使得它们能够几乎无需转动头部便能观察到周围的所有方向。两只眼睛独立活动，可以同时聚焦于不同目标，一边跟踪猎物，一边警惕潜在威胁。

嗅觉

蛇不停地伸出舌头，在空气中捕捉猎物的气味呢。

感觉温度

许多种类的蛇其嘴唇周围有许多特殊的豁口，这些豁口就是颊窝。蛇不仅能用这个颊窝灵敏地感应周围温度的变化，还能定位温血猎物的位置。

爬行动物家族的成员们，纷纷练就了一身本领或掌握了某种绝技，以应对各种生存挑战。

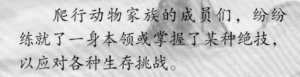

断尾求生

壁虎遇到危险时，会将尾巴自动断掉，断掉的尾巴会在地上跳动一阵子，以吸引敌人的注意，壁虎则趁机赶紧逃跑。

缩进保护

乌龟有坚硬的外壳，遇到敌害时，它立刻将头、腿和尾巴缩进壳里。

声响警告

响尾蛇有毒液，但是感觉到威胁时，它会首先竖起尾巴，颤动尾尖，发出"嘶嘶"的警告声。

贝氏拟态

奶蛇没有毒，但是它却有着和剧毒的银环蛇一样的花纹，这样就能迷惑敌人，使敌人不敢轻易接近。

臭味防御

麝香龟体型娇小，它的肛门附近有一种腺体，可以发出刺鼻的臭味来熏跑敌人。

变色

变色龙的皮肤下有色素细胞，它可以改变身体的颜色，与环境融为一体，迷惑天敌。

恐吓敌人

沙漠角蟾蜍遇到敌人时，身体会膨胀，看起来比平时大好多，有时它们还从耳后或肩部的特殊腺体中喷射出刺激性液体，使来犯者"心惊胆战"。

正面战斗

眼镜蛇在面对威胁时，不仅会展示标志性的"颈部膨大"姿态，并发出嘶嘶声警告，必要时会发动攻击，利用其强大的毒液和身体缠绕技巧制服对手。

假死

生活在欧洲的环带游蛇被捕食者盯上后，会一动不动地躺在地面上，舌头从嘴里耷拉出来，假装死去。

跳水

王蜥常常栖息在河边的树上，遇到危险时会立刻跳到河里。

求偶大战

每到繁殖季节，爬行动物会进行各种求偶仪式，有的通过释放特殊气味，有的发出信号，有的变换体色等，精彩纷呈、竞争激烈。

摔跤大战

雄巨蜥在繁殖季节会进行摔跤对决，你推我搡，直到一方败下阵来。

乌龟的求偶方式

乌龟在求偶期间，雄性可能会表现出较为积极甚至有些粗犷的行为，以争取雌性的注意和接受。如果雌龟不接受雄龟的求偶，雄龟有时会尝试通过身体接触或轻推等方式来引起雌龟的兴趣。

鬣蜥的"装饰袋"

鬣蜥的喉咙下方有一块松弛下垂的皮肤，每到繁殖季节，它们就把这个袋子鼓得大大的来吸引配偶。

响尾蛇的缠绵交配

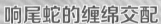

响尾蛇平时独居，但在繁殖季节，雌响尾蛇和雄响尾蛇会相互吸引并交配。

雄鳄鱼的求偶吼叫

雄鳄鱼在求偶时会抬起头并发出响亮的吼叫，以此吸引雌鳄鱼并警告其他雄鳄鱼。

孵化和生育

大部分爬行动物在交配后，会寻找隐蔽且合适的地方产卵。不过，也有少数爬行动物的卵在体内孵化发育成新个体后才出生。这种繁殖方式是卵胎生。

响尾蛇的卵胎生

一些响尾蛇的卵在体内进行孵化，这样可以使宝宝们生存的可能性更大。

雌海龟的产卵

雌海龟在沙滩上挖洞建巢，把卵产在洞里后用沙子掩埋，然后就会离开，让卵自然孵化。

蛇类的特殊孵化方式

有的蛇不使用传统的产卵方式，而是用身体把卵圈起来，通过肌肉的收缩，产生热量，使卵顺利孵化。

尼罗河鳄鱼的孵化与照顾

尼罗河鳄鱼孵化出幼鳄后，雌鳄会小心翼翼地用嘴搬运幼鳄，把它们带到附近的池塘或水域，确保它们能够安全地开始水生生活。

小海龟大冒险

在世界各地的海洋中，几乎都能看见海龟的身影。你知道这些看起来慢腾腾的可爱家伙是怎么出生和长大的吗？

爬行动物的宝宝一般都和父母长得很像，瞧，小棱皮龟长得越来越像父母了。

每年5~6月，一只只雌棱皮龟爬出海洋，回到曾经出生或孵化的沙滩上挖出洞穴，作为宝宝的孵化室。

② 夜晚，雌棱皮龟将身体埋在沙子里，把卵产在其中。

❸ 棱皮龟每次能产下约100枚卵，用沙子掩埋后它们就回到大海。

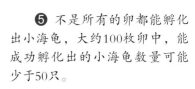

❹ 大约经过2个月的孵化，幼龟从龟卵中破壳而出，纷纷爬出地面。

❺ 不是所有的卵都能孵化出小海龟，大约100枚卵中，能成功孵化出的小海龟数量可能少于50只。

❻ 小海龟们一出生，便纷纷向海洋爬去，虽然离海洋很近，可是这条路却充满危险。

❼ 很多小棱皮龟在爬向海洋的路途中，成为了秃鹰等捕食者的美餐

❽ 经过这段艰难的旅程，只有极少数幸运的小海龟投入了大海的怀抱。

❾ 终于，第一次小海龟尝到了海水咸咸的味道。

❿ 可是，大海中依然充满危险，章鱼、鲨鱼、海鸟等会捕食小海龟。

⓫ 平安顺利长大的小海龟数量很少。长大的雌性小海龟在繁殖季节，又循着上次的路线回到出生地，产下下一代。

隐藏在河边的杀手——鳄鱼

鳄鱼是大型且危险的爬行动物。它们是凶猛的捕猎者，常常潜伏在水中，只露出眼睛和鼻孔，袭击那些来河边饮水的动物。

尼罗河鳄

尼罗河鳄

尼罗河鳄非常耐饥饿，成年后1年大约只吃50顿饭，它们高效地将食物转化成脂肪，存储在身体中，确保在食物稀缺时也能存活。

凯门鳄

凯门鳄

凯门鳄是一种生活在中南美洲的短吻鳄。它们的体型比一般鳄鱼要小，在陆地上能够敏捷地爬行。

短吻鳄

短吻鳄主要生活在北美洲东南部，从乌龟到鸟类，都能成为它们的食物。

短吻鳄

侏儒鳄

侏儒鳄是体型最小的鳄鱼之一，身长只有1米左右。

侏儒鳄

湾鳄

湾鳄被称为"鳄鱼之王"。湾鳄十分凶猛，能够捕杀像水牛这般庞大的猎物。

扬子鳄

扬子鳄是生活在我国的一种鳄鱼，十分珍贵。它们平时生活在温暖的湖岸边、芦苇丛或竹林丛中。

扬子鳄

湾鳄

恒河鳄

恒河鳄生活在印度北部的恒河里，嘴巴又长又窄，牙齿特别尖锐，非常善于捕鱼。

恒河鳄

别怕，过来看看鳄鱼的生活吧

鳄鱼虽然体型巨大，非常危险，可是它们非常聪明，而且行动敏捷，在热带和亚热带的河流、湖泊、沼泽等水域都能见到它们。

防水设备

鳄鱼能在水下自在生活，得益于其独特的防水机制。在水下时，鳄鱼利用鼻孔内的瓣膜封闭通向肺部的通道，防止水进入呼吸系统。此外，它们喉部的特殊瓣膜进一步阻止水分接触到肺部，确保呼吸系统的隔离与安全。

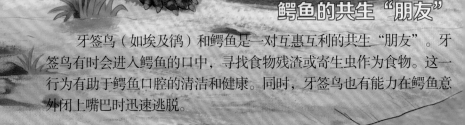

鳄鱼的共生"朋友"

牙签鸟（如埃及鸻）和鳄鱼是一对互惠互利的共生"朋友"。牙签鸟有时会进入鳄鱼的口中，寻找食物残渣或寄生虫作为食物。这一行为有助于鳄鱼口腔的清洁和健康。同时，牙签鸟也有能力在鳄鱼意外闭上嘴巴时迅速逃脱。

巧妙捕食

鳄鱼将身体隐藏在水中，就像一截枯木或一块礁石，静静地等待着猎物。一旦有猎物靠近岸边，它们会突然冲出水面，以极快的速度捕获猎物。

容易脱落的牙齿

鳄鱼的牙齿非常锋利，但是很容易脱落，不过脱落后也会很快长出新的牙齿。

杀死猎物

鳄鱼利用其锋利的牙齿和独特的狩猎策略来制服猎物。比如，捕到较大的水生动物时，它们会将其抛向陆地，使其缺氧死亡；当捕到较大的陆生动物时，它们又会将其拖入水中淹死。

食物

鱼、青蛙、虾、蟹、龟、鳖等许多动物都是鳄鱼的食物，它们很耐饿，年老的鳄鱼可以2年不吃东西，刚出生的小鳄鱼可以4个月不吃东西，生存能力惊人！

鳄鱼是怎么行走的

普通鳄鱼

凯

每种动物都有自己的运动方式，现在，我们来看看鳄鱼平时是怎么行走的。

腹部贴地前行

当鳄鱼在泥泞的河岸上行动时，它们的腹部贴着地面，四肢伸展在两侧，左右摇摆着前进。

短吻鳄

恒河鳄

鳄鱼家族有很多成员，你能叫出它们的名字吗？你知道它们都有哪些特点吗？

凯门鳄

凯门鳄的头较小，鼻吻部较短。

短吻鳄

短吻鳄吻部短而宽。

恒河鳄

恒河鳄鼻吻部又尖又长，牙齿锋利。

高步态行走

某些情况下，有些鳄鱼会将腿直立在身体下方，将整个身子和几乎一半的尾巴抬离地面，这种行走方式被称为高步态行走。

奔跑

一些鳄鱼在必要时能够以相当快的速度奔跑，它们四肢交替，前肢向前伸出的同时，后肢强有力地推动身体前进。这种奔跑行为多见于逃避敌害或在陆地上积极追捕猎物的情况。

有名的老寿星——龟

龟是世界上现存唯一一类长着硬壳的爬行动物。根据生活环境不同，龟分成了海龟、陆龟和淡水龟三大类。

玳瑁

玳瑁以其美丽的甲壳著称，不过，玳瑁非常凶猛，可以把坚硬的蟹壳一口咬碎。

绿海龟

绿海龟几乎一生都生活在海洋中，它们的壳很平滑，通过前后肢的协调摆动，在水中自如游弋。

加拉帕戈斯巨龟

加拉帕戈斯巨龟是陆龟中的"巨无霸"，它们食谱广泛，主要以植物为食，包括各种树叶、草及仙人掌等。

豹纹龟

豹纹龟的背甲上布满了独特的黑色或深色底色，上面点缀着醒目的黄色或淡色斑点及条纹，形成了类似豹纹的复杂而吸引人的图案。

豹纹龟

凹甲陆龟

棱皮龟

棱皮龟是世界上最大的海龟之一。其壳面并非坚硬的板块，而是覆盖着皮革般的皮肤与深沟纹路。

凹甲陆龟

凹甲陆龟生活在干燥的丘陵或斜坡上，背甲边缘向上翘起。

棱皮龟

几何陆龟

几何陆龟

几何陆龟多见于南非干旱地区，它们的甲壳前端一直延伸到脖子上方。

红耳龟

红耳龟的眼睛后面有一条艳丽的红色条纹，这是它们独特的标志。

红耳龟

四爪陆龟

四爪陆龟

四爪陆龟十分珍贵，它们生活在中亚和我国的新疆西部一带。

伪地图龟

伪地图龟

伪地图龟是淡水龟，生活在美国中北部的河流、湖泊和池塘等水体中。

龟的秘密

老寿星

大部分龟可以活几十年，但是有的龟可以活几百年。所以，龟在人们眼中象征着长寿。

仰头示威

如果你观察到两只龟把脖子伸得长长的，张开嘴巴，这通常表示它们正处于领地争夺或求偶竞争中。

不同的龟脚

海龟——脚呈鳍状，方便游泳。

陆龟——脚爪有趾，适合抓握地面，利于在陆地行走。

淡水龟——趾间有蹼，可以游泳，也可以在陆地爬行。

"哭泣"的龟

当海龟上岸后，常常可以看见它们在"哭泣"。其实，它们并不是真的在哭，而是通过眼睛附近的特殊腺体排出身体里多余的盐分。

游泳健将

海龟进入海中，可以飞快地游动。一些海龟每小时可以游29千米。

不会被憋死

一些海龟能够在水下停留很长时间而不必频繁上浮换气。这是因为它们具有能够储存氧气的肺，并且具有减缓心率和新陈代谢率的机制，使它们能够在水下停留较长时间。

形形色色的蜥蜴

蜥蜴不仅是数量和种类最多的爬行动物之一，还是分布最广的爬行动物之一。

欧洲避役

欧洲避役体色多变，通常具有黄褐色底色和黑色斑点。它们受到惊吓时，身体还会膨胀起来，用以吓跑敌人。

欧洲避役

阿拉伯蟾头鬣蜥

阿拉伯蟾头鬣蜥是一种过着穴居生活的蜥蜴。它们可以迅速将身体埋在沙土中。

阿拉伯蟾头鬣蜥

巨蜥

巨蜥擅长游泳，常常跳入水中捕食鱼类，还可以爬到树上觅食。

巨蜥

科莫多巨蜥

科莫多巨蜥是世界上现存最大的蜥蜴，平均体长2~3米，重100多千克。它们是凶猛的食肉动物。

杰克逊避役

杰克逊避役

　　杰克逊避役的头上长着大"犄角"，可以帮助它们相互辨认彼此。

绿蜥

绿蜥

　　绿蜥的体色为亮绿色，尾巴几乎是身体的2倍长。

豹纹壁虎

　　豹纹壁虎橘黄色的皮肤上布满了黑点。

豹纹壁虎

鳄蜥

鳄蜥

　　鳄蜥是一种古老而珍贵的动物，体长15~30厘米，体重50~100克。

鬣蜥

鬣蜥

　　鬣蜥大部分时间都趴在树上晒太阳，全身覆盖着绿色鳞片，可以很好地隐藏自己。

科莫多巨蜥

美餐时间到啦

大部分蜥蜴以小昆虫和蜘蛛为食，而一些较大的种类也可能捕食小型哺乳动物和鸟类。不过，也有一些蜥蜴是草食性的，比如鬣蜥、石龙子。

变色龙的舌头

变色龙的舌头特别，是捕食时的有力武器。当发现猎物时，它们的舌头迅速充血，舌肌收缩，舌头闪电般地喷射出去，粘住猎物。

摇摆进食

裸眼蜥一旦捕捉到昆虫，会先剧烈地左右摇晃，把猎物甩晕，再放进口中。

爱吃肉的泰加蜥

泰加蜥的食谱几乎全由肉类构成。它们甚至连响尾蛇都不放过。

毒蜥

吉拉毒蜥是少数有毒的蜥蜴之一，专门捕食老鼠，偶尔也会寻找鸟蛋。

不怕刺的加拉巴戈斯陆鬣蜥

加拉巴戈斯陆鬣蜥非常喜欢吃仙人掌的嫩茎和果实。其特殊的生理构造使它们能安全食用，仙人掌的刺并不会对它们的内脏造成伤害。

巨蜥：多才多艺的生存"艺术家"

巨蜥全身布满鳞片，四肢粗壮，趾上还有尖锐的爪，而且它们擅长游泳，还会爬树，因此很多人以为巨蜥非常勇猛。不过，在面对蛇群时，它们展现出多样化的应对策略。

有时巨蜥爬到树上，用锋利的爪子不停地抓挠树皮，制造声响，来恐吓敌人。

有时巨蜥一边使劲鼓起脖子，使身体变粗壮，一边吐着长长的舌头，发出"嘶嘶"的声音，进行威吓。

有时巨蜥选择勇敢迎战。它们将身体向后，面对敌人，摆出一副格斗的架势，用尖锐的牙和爪进行防御。

有时巨蜥会猛地把肚子里未完全消化的食物喷向敌人，趁敌人还没反应过来，急忙溜之大吉。

有时敌人太强大，巨蜥干脆跳入水中躲起来。

沙蜥的一天

　　沙蜥是日行性动物，白天四处活动，但是气温和周围的环境会影响它们的日常活动。

　　中午过后，是一天中最热的时候，沙蜥来到阴凉处乘凉。

　　等身体暖和后，沙蜥开始捕猎、交配和保卫领地。

　　下午，天气不是很热了，沙蜥又开始活跃起来。

　　沙蜥醒来的第一件事就是晒太阳，这样它们才能获取一天活动所需要的能量。

　　黄昏时，沙蜥一边晒着太阳，一边消化白天吃下的食物。

　　太阳刚刚升起，沙蜥从巢穴里爬出来。

　　天黑后，沙蜥返回巢穴休息。

　　沙蜥睡觉时，蜷缩着身体，尽量保持白天获取的热量。

上午　中午　下午
早晨　　　　黄昏
日出　　　　天黑
　沙蜥时间

没有毒的巨蟒

全世界大约有3200种蛇，它们虽然没有腿，却非常灵活，可以快速前行。现在，我们先来认识蟒蛇。它们虽然体型巨大，性情凶猛，却属于无毒蛇类。

绿蟒

绿蟒一般生活在树上，它们把绿色的身体缠绕在树枝上，静静等待猎物的到来。

水蟒

水蟒是世界上最长、最重的蛇之一。它们一生中大部分时间都在水中生活。

巨蚺

巨蚺（rán）是现在世界上最大的蛇类之一，巨蚺身体的图案和颜色差别很大，它们很会伪装自己。

小心，这些蛇有毒

竹叶青

大部分蛇都没有毒，全世界大约有几百种蛇有毒。蛇用毒液麻痹和杀死猎物，有时也用毒液保护自己。

竹叶青

竹叶青是一种很常见的毒蛇，一般生活在山区的草丛和竹林里。

响尾蛇

响尾蛇

响尾蛇皮肤与周围环境（如泥土）高度融合，上面有斑点和花纹。响尾蛇可以发出声音，有时距离几十米远也能听到。

珊瑚蛇

珊瑚蛇外表美丽，却有剧毒，它的毒液可以轻易地让一个成年人丧命。

眼镜王蛇

眼镜王蛇是世界上最大的毒蛇之一，不仅会捕食其他蛇，还可能会毫无征兆地攻击人类。

珊瑚蛇

眼镜王蛇

印度眼镜蛇

印度眼镜蛇是印度四大毒蛇之一，其毒液富含神经毒素，主要攻击神经系统，影响包括心脏、肌肉和呼吸系统在内的生理功能。一旦被咬，受害者可能会经历一个从轻微到严重的症状发展过程，最初可能包含局部疼痛、肿胀和发红，但随着毒素扩散，可能会导致肌肉麻痹、呼吸困难乃至心肺功能衰竭。

印度眼镜蛇

角响尾蛇

黑曼巴蛇

黑曼巴蛇是非洲最大的毒蛇之一，有"非洲死神"之称。它的毒液主要包含神经毒素和心脏毒素，能够迅速影响受害者的神经系统和肌肉组织，导致瘫痪、呼吸衰竭和最终死亡。

黑曼巴蛇

太攀蛇

太攀蛇的毒性是眼镜王蛇的很多倍，一次排出的毒液足以危及多人生命。

太攀蛇

角响尾蛇

角响尾蛇的两眼上方各有一角状鳞片，就像一把小小的遮阳伞。它的毒液含有血循毒素，能够破坏人体组织，导致严重的疼痛和肿胀，甚至可能引起器官衰竭。

毒蛇克星森林王蛇

　　北美地区的丛林里，栖息着当地最长的蛇类——森林王蛇。它们本身无毒，但对某些蛇类的毒素有一定的抵抗力。它们对人类通常没有威胁，却是毒蛇的克星，甚至会捕食毒蛇作为食物。

奇特的体色

　　森林王蛇全身覆盖着致密的蓝黑色鳞片，在阳光下闪耀着油亮的蓝色光泽，看起来就像精致的琉璃，因此有"蓝琉璃蛇"的美称。

应对敌人

　　森林王蛇遇到敌人时，会高高抬起颈部向前伸展，嘴里还不停地发出喷气声，并且逐渐向敌人逼近，然后快速出击，咬住敌人，将敌人压在身下，不断向敌人施加压力，直到将敌人制伏。

捕食响尾蛇

　　森林王蛇在草丛里发现了一条响尾蛇，准备发起进攻。响尾蛇识破了森林王蛇的"诡计"，不停吐出信子，摆动尾巴发出声响，意图让森林王蛇知难而退。森林王蛇毫不畏惧，它凶猛地向前扑过去，狠狠咬住响尾蛇，与响尾蛇搏杀起来。经过一番激战，森林王蛇将响尾蛇杀掉，悠闲地吃起大餐。

毒液和毒牙

蛇的毒液是从蛇头后部两侧的毒腺中分泌出来的。毒液是一种非常特殊的物质，能帮助蛇迅速制服或消化猎物。

毒腺

蝰蛇，毒牙长在上颌前端，可以旋转，不用时可以折叠收回。

眼镜蛇，毒牙长在上颌前端，但是不能转动。

毒腺

双鳞林蛇，毒牙长在上颌后方。

你知道哪些蛇有毒，哪些蛇没有毒吗？首先可以看看蛇有没有毒牙。

有向前伸展并能注入毒液的毒牙

没有向前伸展并能注入毒液的毒牙

毒蛇

无毒蛇

在野外被蛇咬了怎么办

① 正确检查伤口：如果有两个或三个较深的齿洞或痕迹，可能是被毒蛇咬了；如果是两排均匀的齿印，可能是无毒蛇咬的。

② 如果是毒蛇咬伤，要用绷带或手帕在伤口靠近心脏方向约10~15厘米处扎紧，防止毒液进入身体，并定期放松。

③ 不要用小刀或石块切开伤口，这可能加重伤情并引起感染。

④ 挤出毒液，尽量使用专业抽吸工具来移除毒液。如果条件不允许且施救者口腔里没有伤口，也可谨慎地用嘴将毒液吸出，每吸1次都要漱口再吸，但这种操作一般不推荐。

⑤ 当出现严重肿胀时适度调整绷带，以避免组织损伤。注意不可完全松开绷带。

⑥ 尽快去最近的医院治疗。

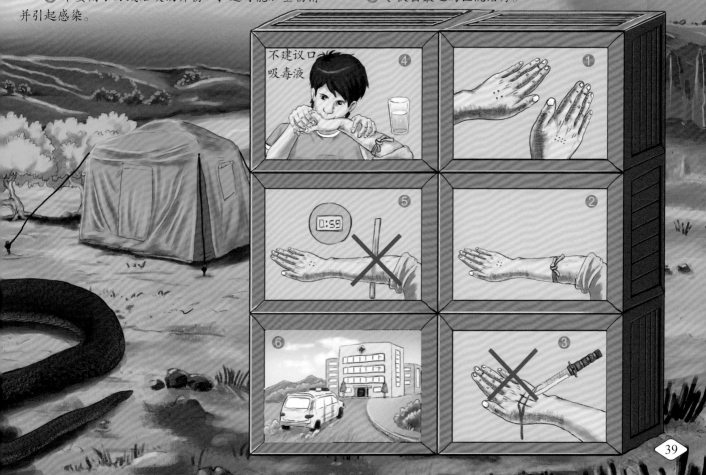

蛇是怎么运动的

蛇没有腿也没有脚，但行动起来非常灵活、迅速，它们爬行的姿势有四种，即迂回型、折叠型、直线型和横向型。

肋皮肌　　　肋骨

腹鳞

特殊的身体结构

蛇独特的爬行本领和它的鳞片外衣、骨骼构造有关。

① 腹鳞通常是宽而扁平的。
② 腹部两侧至脊背的鳞比较小，叫体鳞。
③ 腹鳞通过肋皮肌与肋骨相连。
④ 肋皮肌收缩时，引起肋骨向前移动，从而带动腹鳞翘起，翘起的鳞片尖端就像许多只小小的脚，会推动身体前进。
⑤ 椎骨前端有一对椎突，与前一椎骨后端的椎弓凹构成关节，增强了蛇全身关节的牢固性和波状运动的能力。
⑥ 通过身体的波状活动和腹鳞与地面的摩擦力，蛇就能快速向前爬行了。

体鳞

迂回型
蛇用身体侧面着地，不停地扭动身体，呈"S"形向前曲折移动。

折叠型
蛇隆起身体，用尾巴控制前进方向，一拱一伏地前进。

直线型
一些体型巨大又笨重的蛇，利用肌肉的收缩呈波纹状推动身体前行。

横向型
蛇向侧前方探头，身体随之前进，呈明显的"J"形痕迹。

蛇的4种爬行姿势

喜欢偷袭的大胃王

蟒蛇常常用埋伏战术来捕捉猎物。它们捕到猎物后，不论其体型大小，都不用咀嚼而直接把猎物吞下。

❶ 大蟒蛇藏匿在草丛中，准备袭击一只羚羊。

进食

蛇嘴能张开到约130度。钩状牙齿使蛇很方便地把巨大的食物送进咽喉。

蛇的肋骨没有与胸骨相连，食物进入后可以随意地胀大肚皮。

蛇还会分泌出大量的唾液，可以帮助吞咽和消化食物。

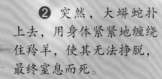

❷ 突然，大蟒蛇扑上去，用身体紧紧地缠绕住羚羊，使其无法挣脱，最终窒息而死。

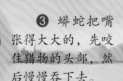

❸ 蟒蛇把嘴张得大大的，先咬住猎物的头部，然后慢慢吞下去。

❹ 蟒蛇将食物从喉咙处慢慢地推到胃部。

等猎物完全下肚后，蟒蛇要花很长时间才能将其消化掉。

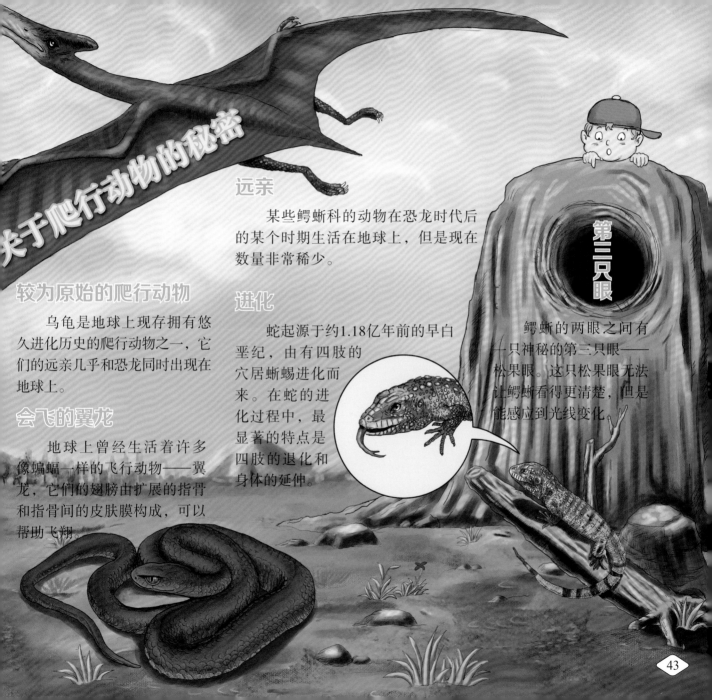

关于爬行动物的秘密

较为原始的爬行动物

乌龟是地球上现存拥有悠久进化历史的爬行动物之一，它们的远亲几乎和恐龙同时出现在地球上。

会飞的翼龙

地球上曾经生活着许多像蝙蝠一样的飞行动物——翼龙，它们的翅膀由扩展的指骨和指骨间的皮肤膜构成，可以帮助飞翔。

远亲

某些鳄蜥科的动物在恐龙时代后的某个时期生活在地球上，但是现在数量非常稀少。

进化

蛇起源于约1.18亿年前的早白垩纪，由有四肢的穴居蜥蜴进化而来。在蛇的进化过程中，最显著的特点是四肢的退化和身体的延伸。

第三只眼

鳄蜥的两眼之间有一只神秘的第三只眼——松果眼。这只松果眼无法让鳄蜥看得更清楚，但是能感应到光线变化

如果爬行动物消失了，人类将会……

爬行动物担当着猎物或捕食者的角色。可是，现在世界上许多种爬行动物都处于濒临灭绝的境地。

蛇是老鼠的致命天敌，可是因为蛇被大量捕杀，老鼠的数量越来越多。

鳄鱼就像清道夫一样，能清除水中的死鱼和动物尸体，保持水质清洁。

爬行动物是人类的好朋友，影响着人类的生存环境，我们一定要珍惜和保护爬行动物。

许多种类的蜥蜴以昆虫为食。随着蜥蜴数量的减少，导致某些昆虫种群过度增长，进而影响生态平衡。

玳瑁是一种美丽的乌龟，因为过度捕猎和栖息地破坏，海洋中又将失去一种珍贵的生物。